O Dinossauro Mais Feroz

Mariah Walker

Para papai,

que sempre me contou
histórias de dinossauros.

Eu sou um dinossauro

Sou grande
e sou malvado

Sou um lagarto
como um trovão

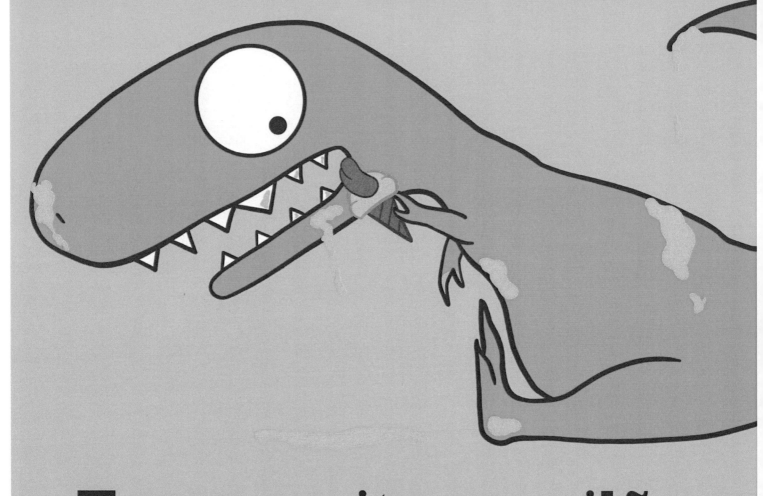

E sou muito comilão

Eu corro
muito rápido

E pulo bastante alto

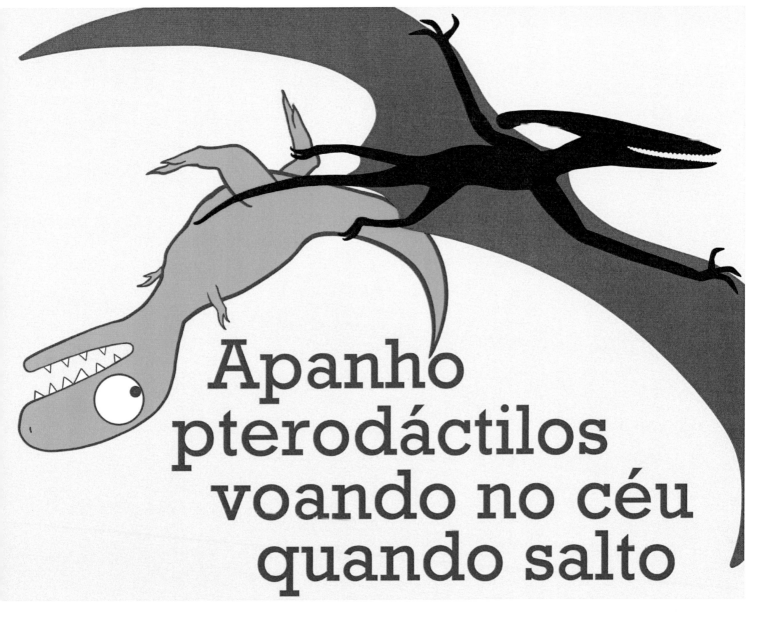

Apanho
pterodáctilos
voando no céu
quando salto

Com cada passo,
balanço o chão

Todo o Jurássico
deve acordar

Quando venho caminhando, todos vão correr

Pois todos dever
me temer

Escovo meus dentes
afiados toda noite

Espero por horas para atacar a presa

Nunca me ouvem chegando, tenho certeza

Não há tempo
para correr

Sou o dinossauro mais feroz que você vai ver

O Fim

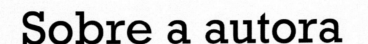

Sobre a autora

Mariah gosta de dinossauros.

Sobre o dinossauro

Ele gosta de ser um dinossauro. Ele não tem que se vestir de manhã, e nunca tem que comer verduras. Quando ele crescer, vai querer virar um dinossauro ainda maior.

Agradecimentos

Obrigada a minha maravilhosa tradutora, Amalia Pinkusfeld Medeiros Bastos.

Obrigada também a meu Editosaurus Rex.

Para mais projetos a caminho e novidades, visite
http://mariahwalker.wordpress.com

Made in the USA
San Bernardino, CA
17 May 2016